Diversión y juegos

# El día del desfile

Longitud

I0877847

Susan Daddis, M.A.Ed.

## Asesora

**Colene Van Brunt**
Educadora de matemáticas
Escuelas Públicas del Condado de Hillsborough

**Créditos de publicación**

Rachelle Cracchiolo, M.S.Ed., *Editora comercial*
Conni Medina, M.A.Ed., *Redactora jefa*
Dona Herweck Rice, *Realizadora de la serie*
Emily R. Smith, M.A.Ed., *Realizadora de la serie*
Diana Kenney, M.A.Ed., NBCT, *Directora de contenido*
June Kikuchi, *Directora de contenido*
Caroline Gasca, M.S.Ed., *Editora superior*
Susan Daddis, M.A.Ed., *Editora*
Karen Malaska, M.Ed., *Editora*
Sam Morales, M.A., *Editor asociado*
Kevin Panter, *Diseñador gráfico superior*
Jill Malcolm, *Diseñadora gráfica básica*

**Créditos de imágenes:** portada, pág.1 Denis Linine/Shutterstock; págs.2–3, págs.8–9 (inferior), pág.21 Marie Appert/Shutterstock; pág.4 ValeStock/Shutterstock; pág.5 Kit Leong/Shutterstock; pág.6, pág.9 (superior), págs.10–11 Gabriel Olsen/FilmMagic/Getty Images; pág.11 (superior) Robyn Beck/AFP/Getty Images; pág.12 Alberto E. Rodriguez/Getty Images; págs.14–15 Aydin Palabiyikoglu/Anadolu Agency/Getty Images; págs.16–17 dashingstock/Shutterstock; pág.18 Ringo Chiu/Zuma Wire/Alamy Live News; pág.19 Lowe Llaguno/Shutterstock; todas las demás imágenes provienen de iStock y/o Shutterstock.

Todas las empresas, los sitios web, los nombres, los personajes y los productos mencionados en este libro son marcas registradas de sus respectivos propietarios o creadores y solo se utilizan con fines editoriales; la autora y la editorial no persiguen fines comerciales con su uso.

**Library of Congress Cataloging-in-Publication Data**

Names: Daddis, Susan, author.
Title: El dia del desfile : longitud / Susan Daddis.
Other titles: Day at the parade. Spanish
Description: Huntington Beach, CA : Teacher Created Materials, 2019. | Series: Diversi?on y juegos | Includes index. |
Identifiers: LCCN 2018055928 (print) | LCCN 2019000598 (ebook) | ISBN 9781425823139 (eBook) | ISBN 9781425828516 | ISBN 9781425828516¬q(pbk.)
Subjects: | CYAC: Tournament of Roses--Fiction. | Parades--Fiction.
Classification: LCC PZ7.1.D2218 (ebook) | LCC PZ7.1.D2218 Fun 2019 (print) | DDC [E]--dc23
LC record available at https://lccn.loc.gov/2018055928

**Teacher Created Materials**
5301 Oceanus Drive
Huntington Beach, CA 92649-1030
www.tcmpub.com

**ISBN 978-1-4258-2851-6**
© 2020 Teacher Created Materials, Inc.
Printed in Malaysia
Thumbprints.23398

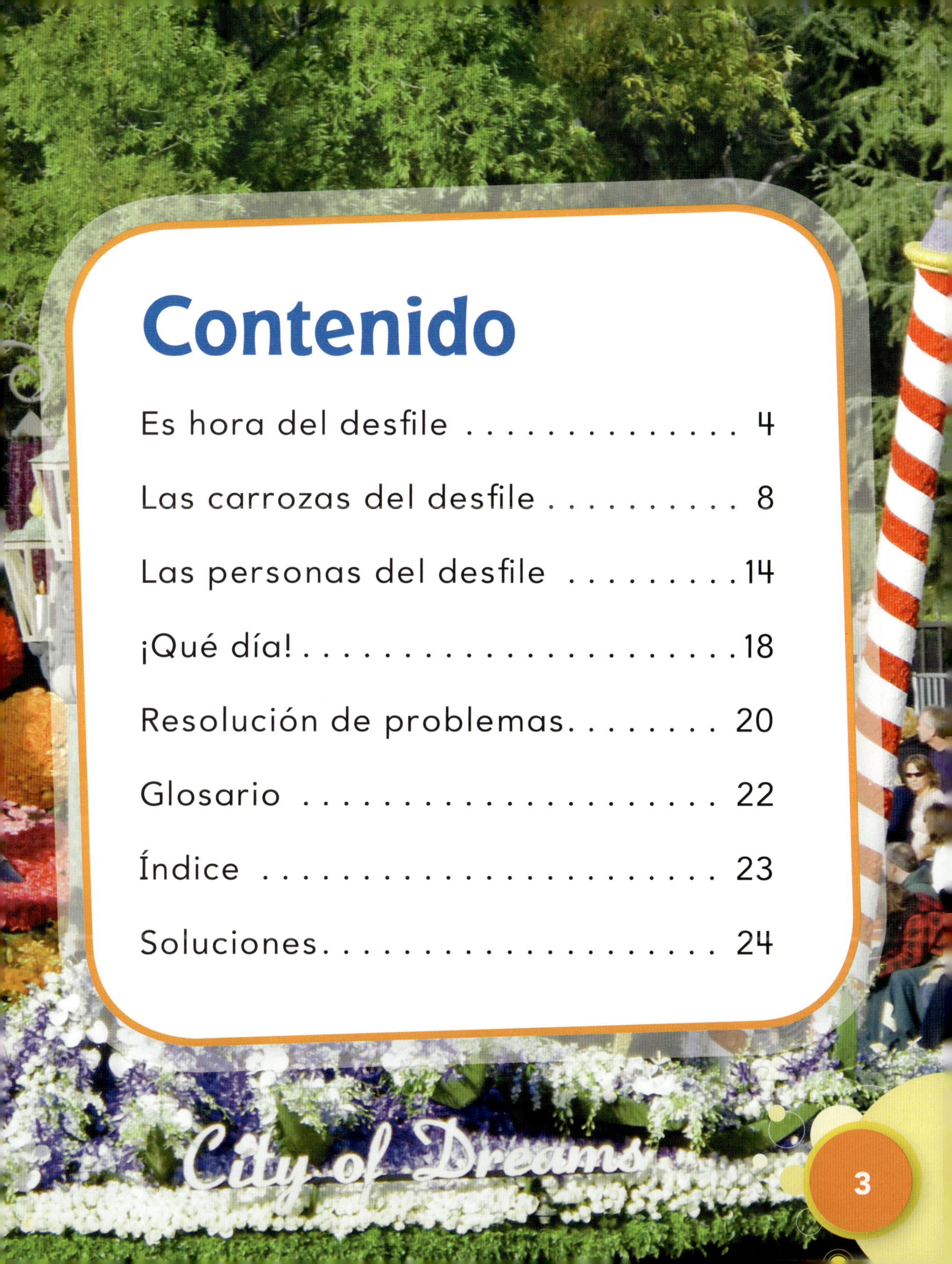


# Contenido

# Es hora del desfile

¡Llegó el día de Año Nuevo! Lía irá al Desfile de las Rosas. Verá muchas flores. Habrá música. Habrá mucha gente.

Lía está vestida
y lista para
el desfile.

El desfile va por la ciudad. Les toma dos horas a las **carrozas** terminar la **ruta**. Lía y sus padres encuentran asientos en las **gradas**.

Hay personas sobre algunas carrozas.

## ¡HAGAMOS MATEMÁTICAS!

La familia de Lía quiere sentarse junta en la grada más larga. Lía ve gradas rojas, azules y amarillas. Compara las longitudes de las gradas.

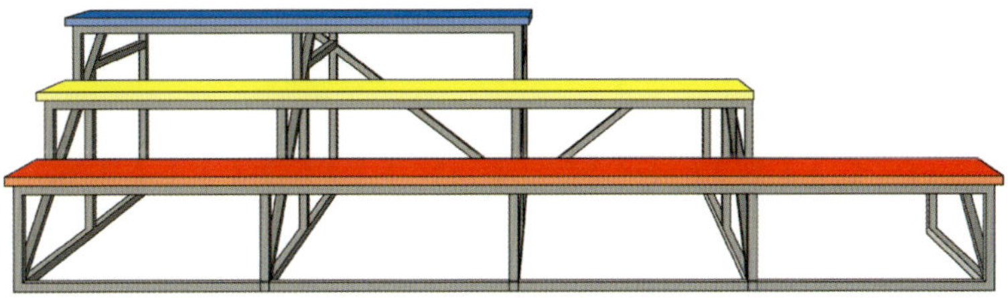

1. La grada azul es _______ que la grada amarilla.

2. La grada roja es _______ que la grada amarilla.

3. El orden de las gradas de la más corta a la más larga es _______, _______ y _______.

# Las carrozas del desfile

Lía está **emocionada** de ver las carrozas. Ve algunas carrozas altas y otras carrozas largas. Todas tienen colores brillantes.

ROSE PARADE
Happy New Year

TAOS
LAS CRUCES
EL PINTO
New Mexico, U.S.A.

Las carrozas están cubiertas de flores y plantas. Flores frescas y secas cubren las carrozas. Cada **pétalo** está pegado con cuidado. Hay asistentes que también pegan semillas, frutos secos y arroz.

Un primer plano del ojo muestra los diferentes materiales que se usaron para hacerlo.

Aquí viene la carroza
que más le gusta a Lía.
Muestra una escena de la
playa. Hay tres delfines
y una estrella de mar.
Una **ostra** abre y cierra
sus valvas. Un pelícano
agita las alas.

## ¡HAGAMOS MATEMÁTICAS!

Imagina que hay una carroza nueva. Hay pelotas de playa apiladas junto a la ola. Usando las pelotas de playa, ¿cuán alta es la ola? ¿Qué otros objetos puedes usar para medir la ola?

# Las personas del desfile

Lía ve muchas bandas de marcha. Vienen de todo el mundo. Los miembros de las bandas bailan mientras tocan.

## ¡HAGAMOS MATEMÁTICAS!

Observa la flauta. Mide su longitud con las unidades brindadas.

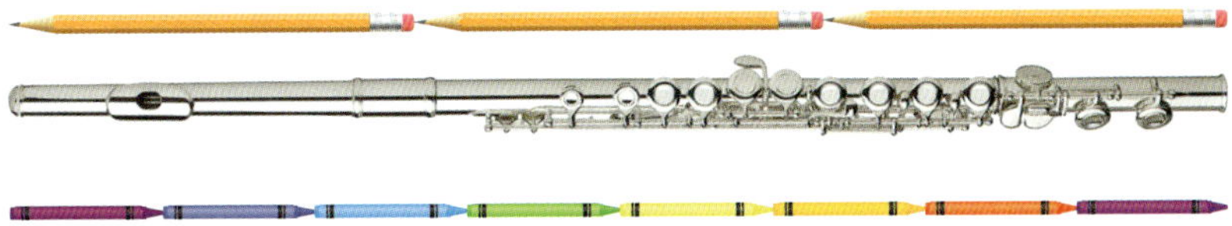

1. La flauta tiene ______ lápices de largo.

2. La flauta tiene ______ crayones de largo.

3. ¿Por qué son diferentes las dos mediciones?

Sal, el tío de Lía, está en el desfile. Monta un caballo y viste un **traje típico**. Su caballo lleva flores. Lía saluda a su tío con la mano. Él también la saluda.

Colorado Bl
SPEED
LIMIT

# ¡Qué día!

Se terminó el desfile. Lía y sus padres encuentran a Sal. Todos caminan para mirar de cerca las carrozas. ¡Nunca olvidarán este día divertido!

FLOAT VIEWING
POST PARADE

# Resolución de problemas

Imagina que puedes ayudar a diseñar una de las carrozas. Responde las preguntas para planificar tu carroza.

1. Describe tu carroza. ¿Cuál es el tema? ¿Cómo se verá?

2. Mi carroza será tan alta como

   ______________.

   Mi carroza será tan larga como

   ______________.

3. ¿Qué instrumento usarías para medir la longitud de tu carroza: una flauta o un trombón? ¿Por qué?

# Glosario

**carrozas**: vehículos que participan en un desfile y llevan una exhibición

**emocionada**: muy feliz

**gradas**: bancos dispuestos como escalones para que las personas se sienten

**ostra**: un tipo de molusco

**pétalo**: la parte suave y colorida de una flor

**ruta**: el camino para ir de un lugar a otro

**traje típico**: la ropa que se usa en ciertos lugares para eventos especiales

# Índice

# Soluciones

## ¡Hagamos matemáticas!

**página 7:**

1. más corta
2. más larga
3. azul, amarilla, roja

**página 13:**

7 pelotas de playa

Las respuestas variarán, pero pueden incluir usar el delfín.

**página 15:**

1. 3
2. 8
3. Como los crayones son más cortos que los lápices, se necesitan más para medir la flauta.

## Resolución de problemas

1. Las respuestas variarán.
2. Las respuestas variarán.
3. Las respuestas variarán.